이시환시집

백년환주百年皖酒를 마시며

신세림

이시환시집

백년환주百年皖酒를 마시며

지난 2004년 10월에 시집 『상선암 가는 길』을 펴 내놓고 난 뒤 1년도 채 되지 않았지만 나는 40여 편의 시를 썼다. 아니, 내가 시를 썼다기보다는 시가 저절로 쓰여졌다고 말하는 편이 더 적절할지도 모르겠다.

시란 내가 머물고 있는 마음 속 마음의 정황이요, 내가 살면서 소망하는 세계의 모습이기도 한데, 그런 의미에서 본다면 나는 그동안 자신과의 대화시간을 많이 누렸다는 뜻일 것이다. 그리고 그 결과인 나의 시들은 독자들에게는 내 마음 속 풍경을 들여다보는, 좋은 거울이 되어 줄 것이다.

돌이켜보면, 나는 나 자신을 위해 시를 썼지 독자들을 위해서 쓴 일이 없는 것 같다. 그들을 위해서 특별히 생각하고, 그들을 위해서 시의 모양새를 다듬고, 그들의 관심과 소망과 정서를 담아내려 적극적으로 노력하지 않았다는 뜻이다. 솔직히 말해, 이 점에 관한 한 지금도 마찬가지다. 어찌 보면, 나는 철저하게 내 안의 세계에 스스로 머물면서 세상과 세계를 바라보되 일신상의 안위를 추구한, 그야말로 소승(小乘)이란 기둥에 기대어 살아온 셈이라 해도 크게 틀리지 않을 것이다.

서둘러 펴내는 이 시집 속에는 신작시의 대부분 외에 시집 『상선암 가는 길』에 수록된 5편이, 그리고 틈틈이 「동방문학」 문예시평으로 써온 산문들 가운데 8편이 독자들을 위한 작은 배려라는 편집 목적상 수정되고 가필되어 함께 편집되었다. 산문은 시를 이해하는 데에, 시는 산문의 세계 속으로 침잠해 들어가는 데에 각각 도움이 될 줄로 믿는다. 그리고 그동안 명상생활을 해오면서 이르렀던, 사유세계의 끝머리 쯤에서 반짝반짝 빛나는 말, 아포리즘을 독서과정에서의 휴식처로서 22편을 소개해 놓았다.

비록, 미진(微塵) 같은 세계이고, 조악(粗惡)한 문장들이지만 끝까지 일독해 주시고, 필요하다면 애정 어린 채찍을 들어, 나에게도 번쩍 눈이 뜨이게 되는, 특별한 계기를 만들어 주기를 은근히 기대해마지 않는다.

이 염천(炎天)의 무더위가 결국 비구름을 몰고 올 것이라는 사실을 지그시 눈을 감고 새기면서 그동안 격려 후원해 주시고 관심을 가져 주신 애독자와 문우들께 감사를 드린다.

2005년 7월 24일
정릉 북한산 자락에서
이 시 환

차례

백년환주를 마시며

차례

이시환 시집

차례

이시환 시집

제5부

제6부

차례

백년환주를 마시며

제7부

제8부

제1부

백년환주 百年皖酒 를 마시며

평소에 시를 논하며 술을 함께 마시는, 시우(詩友)이자
주붕(酒朋)인, 어느 벗이 아주 귀한 술이 있다며 넌지시 자랑을
해왔다. 귀가 솔깃해진 나는 놓칠세라 곧장 임시로 날을
잡았지만 차일피일 미루어지며 좀처럼 상봉의 기회가 오질
않았다. 아무리 술을 좋아하기로소니 서로에게 불편하지 않은
날이어야 하고, 서로의 마음 또한 편안한 날이어야 하기
때문이리라.
더욱이 그가 술 생각이 나서 전화를 걸어오면 그날따라
내가 이런저런 이유로 술 마시기에 좋은 여건이 되질 않았고,
정작 내가 술 생각이 나면 전주(前酒) 탓으로 그에게 무리가
따를 소지가 없지 않았기 때문이었다. 그러던 어느 날
그에게서 이른 아침 전화가 걸려왔다. 바로 오늘은 어떠냐고?
우리는 오후 6시에 마음 편안한 단골집으로 약속하고
세 사람이 마주 앉았다. 비로소 자랑하던 술이 든 상자가 탁자
위로 그의 손길에 의해 올려졌다. 흔한, 고급스런 종이상자도,
부드러운 천으로 된 주머니도 아닌 투박한, 얇은 나무상자였다.
그 네 면 가운데 한 면 중앙에 표시된 곳을
엄지손가락으로 힘껏 눌러보니 작은 사각형의 구멍이 뚫렸다.
그 구멍으로 손가락을 넣어 잡아당기니 집의 대문이 열리듯

나무상자의 한 면이 열렸다. 그 안으로 드러나 보이는 술병이
하도 아름다워 얼른 손으로 잡아내려 했으나 뒷면 나무상자에
묶이어 술병이 분리되지가 않았다. 아뿔싸, 그녀의
앞가슴에 빨간 옷고름부터 먼저 풀어야 하지 않겠는가!
그 나비모양으로 매어진 리본을 잡아당기자 비로소
술병과 상자가 분리되는 것을 보며 나는 미소를
짓지 않을 수가 없었다.
드디어 통일신라시대나 고려시대의
술병을 연상시키는, 예의 그 술병을 들고
유심히 들여다보는데, 하, 이상한 것은
그 술병의 몸통과 뚜껑 부분이 연결된
한 몸으로, 연록색이 감도는 초벌구이
자기(瓷器)라. 과연 이를 어떻게
여는 것일까, 순간적으로 고민 아닌
고민을 하는데 황금색 열쇠가 만면에
미소를 띠우며 술병 뒤에서 나오질 않는가.
나는 반사적으로 그 황금빛 열쇠를 손에
들고 술병의 목을 살피는데 작은 구멍이
세 군데나 나 있고, 그 중 한 곳이 조금 큰 것으로
보아 바로 그곳이야말로 틀림없이 이 열쇠를
기다리는 곳이라는 사실을 직감할 수가 있었다.
그래, 그곳에 열쇠를 살짝 밀어 넣고 오른쪽으로
힘을 주어 힘껏 돌리니 술병의 목이 탁하니 부러져 탁자 위로
굴러 떨어지질 않겠는가.

그 때서야 나는 병을 기울이면 술이 나오는 곳을 알아차렸다.
투명한 플라스틱으로 된, 아주 작은 뚜껑을 벗기고,
얇은 속 뚜껑을 떼어내자 비로소 술내를 맡을 수가 있었으니
이 얼마나 재미있는 절차인가.
나는 영락없이 마음속으로만 일평생 그리워했던
애인을 만나 대사(大事)를 치루는 듯만 하여
조용히 눈을 감고 미소를 짓지 않을 수 없었다.
그리고는 잠시 후에 짓눌린 흥분을 참아내지 못하고,
아니 그 깊은 뜻을 알아차리고서야
우리 셋은 박장대소(拍掌大笑)하였던 것이다.
그러자 초청자인 그가 밝게 웃으며 술병을 건네받고
먼저 내게 한 잔을 따랐다. 그리고 동석한 벗 불자(佛者)에게도
조심스레 한 잔을 권했다. 그리고는 내가 술병을 건네받아
그에게 한 잔을 따랐다. 그리하여 우리는 첫잔을 조심스레
입술에 갖다 대었다.
있는 듯 없는 듯 실바람 같은, 부드러운 고량(高粱)의 향이
먼저 와 코끝에 닿고, 그 짧은 시간에 향(香)이 액화(液化)된 듯한
한 모금의 물이 아래 위 입술을 차례로 적시고, 혀의 전면으로
퍼져가며, 입안을 온통 자신의 세상으로 바꾸어 버린다.
고량의 향기가 잠시 머물다가 가시는 듯하자 어느 새
생각지도 않은 달콤함이 솟아나 오랫동안 혀를 감싸 안고서
나를 어디론가 끌고 가는 것만 같다. 내 발로 내가 걸어가는 것이
아니라 누군가에게 끌려가는, 안내되는 그 안온함에 저절로
눈이 살짝 감길 즈음, 목구멍을 타고 내려가는 그가 알싸한

회오리 바람을 일으킨다. 입안에서는 달콤함이
오래오래 머무는데 목구멍에서는 거친 바람이 이는,
이 백년환주의 맛을 이렇게 바꿔 표현한다면 혹 지나칠까.
한없이 부드러운 양탄자 위를 맨발로 걸어가는 내게
갑자기 어디에선가 나타난 야성적인 준마를 반사적으로
올라타고 꿈 같은 이 세상을 한바탕 휘젓고 지나가는
오후 한 때의 마력 같은 것이라고 말이다.
나는 알코올 농도 46퍼센트에 450미리리터 들이 한 병을
혼자 마시다시피 하며 문득 그런 생각을 했네.
오늘 내가 쓰는 시 한 편도 바로 지금 나를 사로잡는
'백년환주' 와 같이 깊은 맛을, 아니 오묘한 맛을 내면 어떨까.
향으로 치면 그윽하기가 이를 데 없고, 맛을 보면 볼수록
깊은 맛이 우러나는, 그러면서도 거친 바람을 일으키는
부드러움 속에 숨은 불길 같은, 아니 그 불길 속에 숨어 있는
부드러움의 섬세함 같은,
그런 만남의 기쁨을 안겨 주는 시(詩) 말이다.
그리하여 끝내는 나를 졸도시켜
다시는 일어나지 못하도록 하는 절대적인 마력을 지닌,
그런 시 한 편에 내가 먼저 취하고나서
세상 사람들에게 선물하고 싶은 것이
어디 나만의 소망이겠는가.

하, 시가 아닌 글들을 놓고 시가 아니라 하니
-부질없는 일인 줄 알면서도-
그런 내게 온갖 야유를 보내는 시인들의 눈길을
피할 수가 없구나. 그런 인간 세상이,
시적(詩的)인 것이 시(詩)를 죽이는 세상이 야속타마는,
나는 오늘도 황량한 벌판에 홀로 서서 달콤한 꿈을 꾸네.
맑기가 수정 같고, 향기가 그윽한 난향과도 같은,
그 달콤함이 오래오래 머무르는
백년환주와도 같은 시를, 시를.

겨울비

오늘같이 할 일 없는 날엔

예술의 전당 대신 마른 겨울들판으로 가자.

오늘같이 무료한 날엔

사람소리 들리지 않는 허허벌판으로 가자.

눈발이 비치는가 싶더니

빗방울이 어깨를 적시고,

빗방울이 눈썹을 적시는가 싶더니

싸락눈이 머리를 희끗하게 덮는

그곳으로 가자. 그곳으로 가자.

그곳 마른 풀섶 더미 위로,

그곳 쌓인 낙엽 위로,

그곳 내가 걷는 길의 고적함 속으로

저들이 곤두박질치며 부려놓는,

짧은 한 악장의 장중한 화음을 들어보시라.

저들끼리 밀고 당기고, 질질 끌고 잡아채며,

점점 세게, 아주 여리게, 사라지는 듯하다가도 다시 소생하는,

허허벌판에 부려지는 화음이 범상치가 않구나.

죽어가는 한 세상을 부여잡고

그리 통곡을 하는 것이냐?

이 들판 저 산천에

푸른 세상을 다시 일으켜 세우려는 것이냐?

싸락눈이 섞여 내리는 겨울비가

부려놓는, 오늘의 짧은 한 악장의 화음이

절뚝이는 나를 다시 일으켜 세우시네.

침몰하는 세상을 다시 붙들어 일으키네.

-2005. 01. 26. 18:23

23

바람의 演奏

내가 낮잠을 즐기는, 낮에도 캄캄한 수면실의 출입문틀과 유리문
사이의, 그 좁은 틈으로 끊임없이 바람이 지나며,
아니, 허공(虛空)이 무너지며 소리를 낸다.
문이 열리는 정도와 바람의 세기에 따라 그 소리가
달라지지만 일 년 열두 달 위험스럽게 다가오는
벌떼 소리 같기도 하고, 어찌 들으면 이 안과 저 밖이 내통하는
소리 같기도 하다.
그런 바람의 연주를 들을 수 있는 곳이 어디 이곳뿐이랴.
저 외로운 나무와 나무 사이에서도, 그 외로움이 모여 있는
숲과 숲 사이에서도, 넓고 좁은 빌딩과 빌딩 사이에서도,
높고 낮은 지붕들 사이에서도, 크고 작은 골목에서도,
평원에서도 시시때때로 달라지는 바람의 연주를 들을 수 있듯이
사람과 사람 사이 마음의 틈에서도,
하늘과 땅 사이 그 깊은 틈에서도
나는 바람의 연주를 듣는다.
눈에 보이는 세계와 보이지 않는 세계를 은밀히 잇는,
그 좁은 틈으로 대공(大空)이 무너져 내리며
만물을 일으켜 세우는 소리를 듣는다.

−2005. 02. 01. 15: 48

시골집에서

팔순을 앞둔 부모님이 살아 계시기에
가끔 들르는 시골집.
원래는 고추가 발갛게 익어가고,
고구마 넝쿨이 뒤덮는 황토밭이기도 했는데
나를 낳아 길러준 어머니 아버지는
이곳에 작은 집을 짓고 텃밭을 가꾸며 살아가신다.
낮 최고기온이 섭씨 30도를 웃도는 6월 하순,
지금은 움직이는 단 한 사람조차 보이지 않는,
거대한 적막이 보름달처럼 스스로 차올랐다가 스스로 기울 뿐이다.
지기(地氣)가 이 몸을 끌어당기기라도 하는 듯
나는 그의 넉넉한 품에 안긴 어린 아이가 되어
잠시 안방에 누워 있노라면,
내 머리카락을 이리저리 헤쳐 놓으며
성가시도록 말을 시키는 새들에게 이끌리어
끝내는 고무신을 끌고서 밖으로 나가게 되지만
철따라 피는 꽃들은 이곳저곳에서 어지럽고,
상추며 아욱이며 양파 등은 주인의 손을 기다리네.
−2005. 06. 21. 14 : 42.

유채꽃밭에서

사람이야 좀처럼 눈에 띄지 않는,
아주 자그마한 섬 가운데 섬에 나는 와 있네.

온통 노오란 유채꽃으로 뒤덮인
이곳 가장자리에 홀로 앉아
나는 손에 들려 있지도 않는 차를 마시고
또 마시네.

그런 나의 이마 위에는
높푸른 하늘이 내려와 있고,
그런 나의 발부리에는
넘실대는 파도소리 머물고,
그런 나의 손끝에는
이 세상을 한 빛깔로 누이며 지나가는
바람도 있고,
그런 나의 가슴에는
저들을 다시금 끌어안는
포근한 햇살도 있네.
노오란 유채꽃이 가득하여 이룬 섬
그 한 가운데에 있는 낮은 흙무덤이 되어
나는, 정오 한 때를 장강(長江)에 흐르는 세월처럼
길게 길게 누리며, 멀미를 하듯 기우뚱거리는
이 고적한 섬이 된다.

—2005. 3. 24. 12 : 24

제2부

나의 심기를 다스리는 그림 한 점에 대하여

나에게는 제목 없는, 특별한 그림 한 점이 있다. 고강
김준환 화백이 나를 생각하며 그렸다는 담채화(淡彩畵)이다.
한 때 도자기를 굽고, 그에 대한 비평 활동을 하기도 했으며,
칠십 평생 붓글씨를 쓰고, 시(詩)도 써온, 아니, 인생 만년에
고향과 처자를 다 버리고 낯선 산골짜기에 쓰러져 가는
집에서 홀로 살고 있는 그가 바로 '오래된 징검다리' 古矼이다.
내 그를 안다고 잊을 만하면 찾아가 뵙지만 사실,
그에 대해 아는 것보다는 모르는 것이 훨씬 더 많으리라.
어느 날, 나에게 주기 위해서 그가 특별히 그렸다는
그림 한 점을 받았었는데, 나는 몇 해를 책장 서랍 속에 묵혀
두었다가 근자에 들어서야 표구를 하였다.
하지만 내가 살고 있는 도심 속 아파트 집안 어느 구석에도
걸어놓을 만한, 마땅한 곳이 없어 내 홀로 묵는 작은 방 한쪽
벽면에 기대어 놓고서 아침저녁 묵상할 때마다 바라보곤 한다.
벌써 그렇게 몇 달이 지났을까. 이상한 것은 고놈이 자꾸만
나의 시선을 붙잡아 두려하고, 나에게 무언가 말을 시키려
한다는 사실이다. 하지만 나는 번번이 그의 추파(秋波)를
묵살해 버리곤 했다.
그런데 이게 어인 일인가! 그야말로 어느 날 갑자기 내통이라도

한 듯 그와 내가 마주앉았으니 말이다.
나도 더 이상은 그의 눈빛을 외면할 수가 없었던 모양이다.
경사가 가파르지 않은 계곡의 바위와 물과 숲과 하늘이
함께 숨 쉬고, 함께 흔들리며, 함께 물들어가는, 한 세상을
이루고 있는 그림이라면 혹 지나칠까.
커다랗지만, 그래도 너그러워 보이는, 두 개의 바위가
좌우로 박혀 있는데, 한쪽 바위는 깨어진 밑 부분이 큰 몸통을
받치고 있는 듯하지만 그 모서리가 조금은 날카롭다.
그렇지만 햇살을 비교적 많이 받아 온기를 잔뜩 머금고 있다.
그 위에 걸터앉아도 금새 엉덩이가 따뜻해져 올 것만 같다.
다른 한쪽 바위는 그늘진 곳에서 펑퍼짐한 엉덩이를
누구더러 보란 듯이 하늘로 치켜세우고 엎드려 있는 자세인데,
흐르는 물이 그의 바짓가랑이를 다 적시고, 끊임없이
튀어 오르는 물방울은 그의 앞가슴을 마저 적셔 놓는다.
그는 그렇게 습한 기운을 물씬 머금고 있는지라
짙푸른 이끼류를 한 아름 품고 있다.
그들 머리 위로는 하늘을 가리고 있는 잡목 숲이 우거져
있지만 그 나뭇가지들은 한결같이 물가 쪽으로 길게 뻗어있어
지붕을 이루고 있는 듯하다. 땅에서 보는 하늘이야 반쯤
열려 있고, 온통 초록의 빛깔로 물들어 있다.
그렇다. 산과 숲이 머금고 있는 물이 조금씩 배어나와
작은 물줄기를 이루고, 그 물줄기는 다른 물줄기들을 만나
바닥을 드러낼 줄 모르는 하나의 계곡을 이루었으니
그 맑은 물이 흘러 흘러서 강으로 가고, 마침내는 바다로

흘러 들어가 한 맛을 내는 커다란 세계를 이룰 것이다.

물이 바위와 바위 사이사이를 흐르고 넘으면서,

때론 부딪치고 곤두박질치면서, 때론 튀어 오르고 뚝뚝

떨어지면서 내는, 천의만의* 소리가 내 귓바퀴를 맴돈다.

하늘과 땅, 그리고 그 사이에서 숨 쉬는 만물(萬物)이 가까이

앉아서 도란도란 정담(鼎談)을 나누는 듯하다.

그도 그럴 것이, 우람한 바위가 믿음직한 수컷이라면 부드러운

물은 암컷이고, 초록의 잎잎이 윤기를 더해가는 숲이

수컷이라면 그를 감싸 안는 하늘은 정녕 암컷이리라.

그렇듯 흐르는 물이 동(動)이라 하면 고여 있는 물은 정(靜)이고,

물길 쪽으로 뿌리를 뻗고 햇살이 모이는 곳으로 가지를

뻗어내는 나무숲이 動이라 하면 제 자리를 지키고서

묵상하는 바위는 분명 靜이리라.

이렇듯 암수가 조화를 이루어서인가? 動과 靜이 한 몸 안에서

숨쉬고 있는, 계곡의 내밀한 생명력 때문인가?

바라보면 바라볼수록, 눈을 맞추면 눈을 맞출수록 몸과 마음이

편안해지고, 산란했던 심기조차 차분하게 가라앉는 것이

경이롭고도 신비스럽도다.

내 그런 그를 오래오래 바라보노라니 좌우 두 개의 커다란

바위 사이로 맑은 물이 간단없이 흘러내리고, 그 밑으로는

작지만 넉넉한 못[淵]을 이루고 있는 형국이 영락없는,

물오른 여성의 건강한 자궁으로 체감되어지는,

이 놀라운 파동(波動)이 결코 무리는 아닐 성싶다.

아니, 만물(萬物)을 낳는 우주의 자궁, 언제나 텅 비어 있는

듯하지만 꽉 차있는 '谷神' 이라는 老* 선생의 비의(秘意)를
그가 먼저 한 폭의 그림으로 그려내지 않았나 하는
생각이 들어, 나는 참지 못하고 전화기를 집어 든다.

-2005. 07. 12. 14 : 26

---

* 천의만의: 천 가지 만 가지의, 가지 가지의
* 老선생: 楚나라 고현(苦縣) 려향(厲鄕) 곡인리(曲仁里) 사람으로 이
  이(李耳)라는 이름을 가진 老子를 일컬음.

상선암 가는 길

하, 인간세상은 여전히 시끄럽구나.
문득, 이 곳 중선암쯤에 홀로 와 앉으면

이미 말(言)을 버린,
저 크고 작은 바위들이 내 스승이 되네.

-2004. 7. 26. 01:46

목련

'아니,
왜 이리 소란스러운가?

커어튼을 젖히고
창문을 여니

막 부화하는 새떼가
일제히 햇살 속으로 날아오르고

흔들리는 가지마다

그들의 빈 몸이 내걸려 눈이 부시네.

-2005. 04. 14. 00:53

나의 독도獨島

망망대해(茫茫大海) 가운데 솟아있는 돌섬 하나
보일 듯 말 듯 아득히 멀리 있어
늘 아슴아슴하여라.

아침저녁으로 오며가며
혹 눈빛 마주치거나,
불쑥 네가 그리워져 가까이 다가서노라면
풍랑이 거칠어 접근조차 쉽지가 않네.

그래, 사람들은 쉬이 그를 외면하지만
실은 그런 독도 하나씩을
저마다 가슴 속에 품고 살지.

그래, 그곳에 가면, 그곳에 가면
실로 오랫동안 나를 기다리며 정좌해 있는,
다름 아닌 내가 있을 뿐이네.

−2005. 04. 10. 17:05

가을계곡

어느 솜씨 좋은 화가가 그리셨나요?
어느 사려 깊은 시인이 노래하나요?
청명한 가을날 짧은 하루가
나의 눈과 귀를 빼앗아 가네.

저 붉게 타는 마음과 마음
저 노오랗게 물든 잎새와 잎새들이
당신의 어진 손끝에서 흩뿌려지는,
금가루 같은 햇살을 온몸에 받으며
붉고 붉은 장강(長江)을 이루어 가네.
노오란 노오란 바람을 일구어 가네.

어느 누가 물감을 풀어 그리며
어느 누가 마음을 열어 노래하리요.
네가 그리고 내가 노래한다 하여도
우리는 이미 가을의 깊은 계곡
포로(捕虜)인 것을.
손발이 묶인 포로인 것을.

−2005. 01. 16. 17:27

조약돌

작은 조약돌 하나 손에 꼬옥 쥐고서

지그시 눈을 감으면

아득히 먼 곳으로부터

너의 숨소리 들려오고,

아득히 먼 때로부터

너의 심장이 고동치는 체온이 전이되어 오네.

밤하늘의 별과도 같이

바닷가에 무리지어 네가 있음으로

세상은 비로소

살아 숨쉬는 것들로 가득 차있고,

그것으로서 세계가

한 덩어리임을 일러주네.

-2004. 11. 2. 11 :20

제3부

무제

어머니, 서울은 이제야 비가 내립니다. 오늘 낮 동안은
내내 올 듯 말 듯하면서 잔뜩 흐려 있었는데 밤이 되면서부터
드디어 비가 쏟아지기 시작했습니다. 간간이 천둥소리는
유리창을 흔들고, 번개는 불 꺼진 방안에 고양이 눈빛을
던져놓고는 사라져 버리곤 합니다. 이리 비가 내리려고
요 며칠간이 숨 막히도록 무더웠던 모양입니다.
길 건너 새로 지은 아파트 단지는 내내 뿌연 안개 속에
웅크리고 있고, 그 너머 북한산 칼바위 능선은 아예
형체조차 보이질 않았습니다.
정말이지 숨 막히는 하루하루였지요.
그런데도 내부순환도로를 질주하는 차량들은 밤낮이 따로 없고,
이웃사람들과 동네 아이들의 앙칼진 목소리들은 뒤엉켜
밤늦도록 제가 머무는 18층까지 더욱 극명하게 들려옵니다.
불현듯, 서울은 우리들의 욕망이 지글지글 끓는 냄비 속
같기도 하고, 누군가가 살짝 건드리기라도 하면
펑- 하고 터져버릴 풍선 같다는 불안한 생각이 스쳐 갑니다.
어머니, 욕심 많은 아버지 생신일에 맞추어 아침부터 활짝 피어
주었던, 그 선인장의 선붉은 꽃 한 송이는 이제 다
져버렸겠지요? 하지만 얼마나 감사한 일인지 모르겠습니다.

아버님이 당신의 생일날에 활짝 피어 주었으면 하고 속으로
기도했다잖아요. 지금도 그 선인장 꽃이 눈에 선합니다.
철 따라 피는 꽃들이 그래도 좋은 말벗이 되리라 믿지만
혹 적적하지는 않으신지요? 너무 무리하면서까지 새벽기도
드리시는 일은 조금 고려해 보셨으면 합니다.
자칫 건강을 해치실 수도 있으니까요.
어머니께서는 이렇게 말하는 저를 나무라시겠지만
어머님의 건강을 생각해서 입니다.
잠잠해졌던 빗소리가 다시금 거세어집니다.
아무래도 오늘 밤은 잠을 설치지나 않을지 모르겠습니다.
편안한 마음으로 주무시기 바랍니다.
아참, 지난번에 챙겨주신 국화차는
아직 개봉조차 하지 않았습니다. 아직도 봉지가 뜯긴 채
저를 기다리는 차들이 많이 있기 때문입니다.
그래도 멀리 중국에서, 아르헨티나에서 차를
선물해준 친구들이 있기에 얼마나 즐거운지 모른답니다.
적절한 시기에 어머님이 주신 국화차를 음미하고서
말씀드리겠습니다. 늘 고맙게 생각합니다.

2005년 6월 26일 밤
당신의 아들 올림

어머니·1

"애야, 고속도로가 많이 막힌다는구나.
고생하지 말고 나중에 한가할 때 왔다 가려므나."

어느 해 설날 연휴가 시작되던 날
아침 일찍 전화를 걸어 하시던 말씀이다.

그리 스스로 말씀하시고도

그리 두 번 세 번 신신당부해 놓고도

혹시나 하고서 대문 밖 추운 길거리에 서서

북쪽으로 난 길을 오래오래 바라보시는 어머니.

－2002. 12. 15. 18:42

용정차(龍井茶)를 마시며

너와 가까이 마주 앉노라면
창밖에 함박눈이 펑펑 쏟아져 내려도
세상 시끄러운 줄 모르고,

너와 단 둘이 마주 앉노라면
높은 파도가 내 안에서 일어도
물에 젖은 내가 있는지조차 모르네.

부드러움의 그 깊이를 탐하는 나와
그런 나를 녹여주는 네가 있을 뿐…….

−2004. 01. 18. 14:55

벗들에게

문밖은 여전히 가시 돋친 말들과 眞意를 숨기고 있는 말들이 무성하여
늘 살얼음 위를 걷는 것 같지만 오늘만은 모른 척 귀를 닫아 버리세.
시인 중의 시인이 많은 '변방' 동인들의 합동시집이 때마침 우송되어 와
편 편에 구축된 城 같은 세계를 구석구석 완상할 수 있으니 말일세.
고개만 돌려도 문밖은 여전히 是非를 가리고, 善惡을 구분 지으려는 억지가
난무하여 늘 갯가의 갈대숲을 헤치는 일 같지만 오늘만은 다 털어버리고
잊어버리세. 멀리 길림성 화룡에서 벗이 보내온, '茗茶' 라는 작설차
그 暗香의 샘과 그 싱그러움의 깊이에 빠질 수 있으니 말일세.
웅장한 城을 이룬 한 편의 詩, 마르지 않는 샘 같은 깊이의 암향을 머금고
있는 차 한 잔에 빠지는, 이 기쁨과 이 안온함을 굳이 설명할 필요가 있겠는가.

-2005. 02. 04. 00:53

너와 나

네가 울면 나도 울고
네가 웃으면 나도 미소 짓는 것이
우리는 하나, 우리는 하나.

네가 아프면 나도 아프고
네가 나으면 나도 나아지는 것이
우리는 하나, 우리는 하나.

너와 내가 하나 되고
너와 내가 한 몸일 때
우리는 사랑, 우리는 자비.

-2005. 01. 31. 00:13

함박눈

소리 소문 없이 기척도 없이
눈이 내리네. 함박눈이 내리네.

아주 느리게 아주 태평하게
눈이 내리네. 함박눈이 내리네.

달리던 차들도 느릿느릿 움직이고,
분주하던 사람들의 손발도 느긋느긋해지네.

소리 소문 없이 기척도 없이
눈이 내리네. 함박눈이 내리네.

아주 느리게 아주 넉넉하게
따듯한 사람들 품으로, 포근한 지상으로.

눈이 내리네. 함박눈이 내리네.
펄펄 아주 느리게, 아주 태평하게.

−2005. 01. 18. 13:19

제4부

부처님의 바다

부처님이 오백여 비구들과 함께 사밧티의 녹야원에
계실 때였다. 부처님께서 바다를 특별히 좋아하는
한 젊은이에게 물으셨다.
"바다 속에는 무슨 신기한 것이라도 있기에 그리 바다를
좋아하는고?"
이에 젊은이가 말했다.
"바다 속에는 여덟 가지 처음 보는 법(法)이 있어서
바로 그것을 즐기는 것입니다.
첫째, 바다는 매우 넓고 깊습니다.
둘째, 바다에는 신비로운 덕(德)이 있습니다.
곧, 네 개의 큰 강이 각각 오십의 작은 강물을 합쳐서 바다로
들어오지만 바다에 이르러 그것들은 본래의 이름을 잃어 버리고
맙니다.
셋째, 바다는 한없이 넓고 깊지만 모두 똑 같은
한 맛(一味)을 냅니다.
넷째, 드나드는 조수(潮水)가 그 때를 어기지 않습니다.
다섯째, 서로 다른 여러 생명체들이 그 속에서 더불어
살아갑니다.
일곱째, 바다에는 진주와 같은 여러 가지 진귀한

보석이 있습니다.

여덟째, 바다에는 금모래가 있고, 네 가지 보배로 된
수미산(須彌山)이 있습니다.

여래의 법에는 대체 어떠한 것이 있기에 이처럼 많은
비구들이 머물며 즐기고 있는 것입니까?"
라고 젊은이가 되물었다.

그러자 부처님께서는 빙그레 웃으시면서 말씀하시기를,
"내게도 처음 보는 여덟 가지 법이 있어 비구들이
이렇게 즐기고 있느니라.

첫째, 내 법 안에는 계율이 갖추어져 있어 방일(放逸)한
행(行)이 없다. 그것이 저 바다처럼 깊고도 넓다.

둘째, 세상에는 네 가지 계급이 있지만 내 법 안에서
도(道)를 배우게 되면 그들은 그 네 가지 계급을 떠나
한결 같이 '사문' 이라 불리운다.

마치 네 개의 큰 강이 바다에 들어가면 한 맛이 되어
그 전의 이름들이 다 없어지는 것과 같느리라.

셋째, 정해진 계율에 따라 차례를 어기지 않는다.

넷째, 내 법은 결국 똑 같은 한 맛이니
팔정도(八正道)가 바로 그것이다.

다섯째, 내 법은 갖가지 미묘한 법으로 가득 차 있다.

여러 생명체들이 바다에 모여 사는 것처럼 비구들도 내 갖가지
법을 보고 그 안에서 즐기는 것이다.

여섯째, 바다에는 온갖 보배가 있듯이 내 법에도 온갖
보배가 있다.

일곱째, 내 법 안에는 온갖 중생들이 집을 떠나 머리를
깎고, 법복을 입고, 도를 닦아 열반에 든다.
그러나 내 법에는 더하고 덜함이 없다.
바다에 여러 강물이 들어와도 더하고 덜함이 없는 것과 같다.
여덟째, 바다 밑에 금모래가 깔려 있듯이 내 법에는
헤아릴 수 없는 삼매(三昧)가 있다. 비구들은 그것을 알고
즐기고 있는 것이리라." 하였다.
이는 초기경전 가운데 하나인 '增一阿含八難品' 에 나오는
이야기인데, 부처님께서 얼마나 수사적 표현능력이
뛰어난가를 유감없이 보여주는 대목 가운데 하나다.
자신이 깨우친 도(道)의 세계를 '바다' 로 빗대어 이해하기 쉽게
설명하고 있다. 물론, 경전 가운데에서 '바다' 를 빗대어
도를 설명하는 예는 적지 않으나 이처럼 구체적으로
설명되기는 이곳에서 뿐이다.
대승경전 가운데 하나인 '涅槃經 長壽品' 에는 부처님의
제자인 카샤파가 부처님께 질문하고 부처님이 답변하는
내용이 나오는데, 부처께서 말하는 '바다' 가 실재하는
바다가 아니라 원관념(=道)을 숨기고 있는 보조관념일 뿐임을
확실하게 보여 준다.
부처님께서 보살로서 오래 사는 법을 카샤파에게
말씀해 주시자 카샤파가 부처님께 되묻는 내용이다.
"부처님의 말씀인 즉 보살이 평등한 마음을 닦아 모든 중생을
자식처럼 생각하면 오래 살게 된다고 하셨습니다.
그러나 저는 그 뜻을 잘 이해하지 못하겠습니다.

중생을 자식처럼 보살펴 주신 부처님은 이 세상에 오래 살아
계시면서 변함이 없어야 할 것인데 어찌하여 백 년도 못되어
세상을 떠나려 하십니까?"
이렇게 카샤파가 부처님께 되묻자 부처님께서
그에게 말씀하시기를,
"카샤파, 강물은 모두 바다로 흘러 들어간다.
그와 같이 인간이나 천상이나 땅이나 공중에 있는 목숨의
강물은 모두 여래의 목숨 바다로 들어간다.
그러므로 여래의 목숨은 무한한 것이다.
온갖 존재 중에서 허공이 가장 영원하듯이 여래도
모든 중생 가운데에서 가장 수명이 길다." 하셨다.
살아있는 모든 것들의 크고 작은 생명체를 강물로 빗대고 있고,
그 강물이 흘러 들어가는 곳인 바다를 여래의 세계로

빗대고 있다. 부처님은 여래처럼 깨달음을 얻은 자만이 바다로
들어가며, 그 곳에서 생사를 초월하여 영원히 존재하신다고
말씀하시나, 실은 숱한 생명체들이 살면서 깨달음을 얻었든,
아니 얻었든 끝내는 피할 수 없이 가야하는 곳으로서 영원한
허공과 같은 세계가 바로 '바다' 인 것이리라.
그래서 부처님은 깨달음을 강조하시지만 종국에는 깨달은
것이나 아니 깨달은 것이나 다를 바 없다고 말씀하셨는지도
모르겠다.
그렇든 저렇든, 내가 말하고자 함은 부처님의 세계에
대한 옳고 그름이 아니라 가시적인 강물과 바다를 통해서
유(有)와 무(無)의 존재를 설명하고 있는 부처님의
탁월한 수사적 표현 능력인 것이다.
기원전 사람인 부처께서는 형이상학적 깊은 의미까지도
비유법을 통해서 재치 있고, 설득력 있게 설명하고 있지만
오늘날 우리 시인들은 똑 같은 강물과 바다를 바라보며
무엇을 생각하고 있는가?

金鞭溪谷에서

누가, 눈먼 내 소맷자락을 잡아끄는가?
낯선 그대 손길에 이끌리어 한 걸음 두 걸음
더딘 발걸음을 옮겨 놓으면 놓을수록
어느새 이 몸에도 초록빛 물이 들어
물가에 서있는 한 그루 나무가 되고 마네.

누가, 벙어리가 된 내 귀에 속삭여대는가?
가도 가도 끊기지 않을 물길 따라
이미 나도 흐르기로 했네, 흘러가기로 했네.
그렇게 흐르고 흘러서 저 깊은 하늘에 이르는,
숨 쉬는 물이 되기로 했네, 구름 되기로 했네.

-2004. 12. 24. 22:37

너와 나
−금편계곡에 부쳐

안개인가, 구름인가?

이곳 계곡에서 보면 안개이고,

저곳 산위에서 내려다보면 구름이리라.

이쯤에서 한 사나흘 움직이지 않고 앉아서

밤낮없이 흐르는 물소리를 듣노라면

눈을 감아도 저들의 알몸이 보이고,

그 알몸 속 투명한 영혼의 옷자락도 보이리라.
굳이 눈을 감지 않아도
저들이 내게 건네는 말소리 들리고,
저들끼리 낄낄거리는 웃음소리 들리고,
저들의 숨을 죽이는 숨소리마저 들리리라.

안개인가, 구름인가?
이곳 계곡에서 보면 안개이고,
저곳 산위에서 보면 구름이리라.

이젠 내가 뒹굴던
호남평야 끝자락 허허벌판에 서있어도,
배회하던 서울 시내 칙칙한 뒷골목에 서있어도,
멀리 아프리카 초원이나 사막에 서있어도,
그 어디에서든 나는 듣는다, 너의 속삭임을.
발뒤꿈치 들고 종종 따라다니는 너의 숨소리를.

−2005. 01. 02. 11:45

금편계곡의 혼

아무래도 이 길로 걸어 들어가면
다시는 나오지 못할 것만 같다.

그러나 나는 잠시 머뭇거리다가
계속해서 걸어 들어갔다.

아니, 제 발로 걸어 들어간 게 아니라
나는 무언가에 이끌려 들어간 것이리라.

-2005. 01. 04. 23:14

구름바다

비행기 창밖으로 내다보는
저 뭉실뭉실한 구름바다

마치 어머니의 손길이
햇솜을 막 펼쳐 놓은 듯

그 위로 뛰어 내려
마냥 뒹굴고 싶어라.

오늘은 이곳
천자산(天子山) 정상에서 내려다보는 그가

마치 비단 치맛자락을 깔아 놓은 듯
나를 유혹하네.

저 거룩한 왕국의 침대로
저 황홀한 침실의 왕국으로.

−2005. 01. 02. 20:29

황룡동굴

있지도 않는 용(龍)을 각별하게 좋아하는 백성들이
'天下第一奇觀' 이라 격찬을 아끼지 않는 황룡동굴에
나도 잠시 틈을 내어 가 보았네 그려.

그렇게 높지도 않은 산허리로 뚫린
지하문(地下門)으로 들어서면 놀랍게도
그곳에도 높은 하늘이 있고, 깊은 강물이 흐르네.
그 하늘 그 땅 사이로는
온갖 꿈틀대는 생명체들의 동작이 일순간에 정지된 듯
모두 숨을 죽이고 있네.
하지만 저들의 초롱초롱 빛나는 눈빛을
내 어떻게 피할 수 있으랴.

하늘을 떠받드는 것인지,
저마다 기운을 뽐내는 것인지 알 수 없지만
고 놈들을 요리조리 눈이 빠지게 쳐다보노라면
내가 서있는 곳이 바로
마녀(魔女) 중의 마녀의 깊은 자궁 속임을 알아차리고는

스스로 놀라고 마는 것을.

그대여, 저들을 꿈틀거리게 하라.

그대여, 저들을 제 멋대로 움직이게 하라.

그리하여 음기(陰氣) 가득한 이 왕국, 이 골짜기에

생명의 기운이 요동치게 하라.

그리하여 새 생명으로 거듭나는 나를 너를

일으켜 세우시라.

일으켜 세우시라.

−2004. 12. 30. 19:32

*중국에는 시인다운 시인이 없는 듯하다. 이 황룡동굴 앞에 몇 자 끄적거린 것이
고작 "中華最佳洞府 天下第一奇觀"과 같은 글들이고 보면, 그리고 그것들이 여러 비문에
그럴 듯하게 새겨져 있으니 말이다. 아마도 현대를 살고 있어도 그들은 옛 시절에서 벗어
나지 못한 듯하다. 내 이 시를 짧은 시간에 지어 기쁜 나머지 잠시 오만을 부려본다.

張家界를 빠져나오며

뽕밭이 푸른 바다가 되듯
바다가 솟아올라
높고 깊은 산이 되었는가.

실로 오랜 세월,
안개에 가리우고 구름에 덮이어서
알몸을 스스로 드러내지 않던 네가,

오늘 비로소 한 마리 거대한 地鬼가 되어
꼬리는 깊은 산정호수에 두고,
머리는 구름 밖으로 내민 채 꿈틀대는구나.

나는 분명 그런 너를 보았으나
보지 아니한 것으로 하리라.
가슴 속에 다 묻어두고 내가 죽는 날까지
침묵을, 침묵을 지키리라.

내 입을 여는 순간,

네가, 네가 굳어버린 돌산 숲이 될까

두렵기 때문이리라.

−2004. 12. 28. 23: 14

동해와 서해

누구 누구는 휘파람을 불며
푸르고 푸른 동해로 간다지만
나는 나는 서해의 저녁으로 가네.
시름을 배고 누워 있는 그대와 눈을 마주치기라도 하면
어딘선가 서글픔이 밀려오지만
말없는 그대 우수 속엔
내 생명의 탯줄이 숨어 있네.

누구 누구는 콧노래를 부르며
살포시 다가와 곁에 앉는 서해로 간다지만
나는 나는 동해의 아침으로 가네.
긴 다리로 서 있는 그대와 마주서노라면
그대 젊음이 나를 주눅들게 하지만
오만한 그대 기백 속엔
젊음이란 싱그러움이 넘치고 넘치네.

누구는 동해로,
누구 누구는 서해로들 간다지만
나는 나는 동해도 서해도 아닌
누워 있는 바다의 우수(憂愁)가 아니면
서 있는 바다의 젊음에게로 가네.
서 있는 바다의 아침이 아니면
누워 있는 바다의 저녁에게로 가네.

바다
-그리운 이에게

바람 속에 자그만 집을 짓고
하루 종일 창밖으로 바다를 바라보네.

일 년 열두 달을 지켜보아도
한 번도 같은 얼굴을 보이지 않는 바다.

오늘은 그 어느 때보다
너의 눈빛이 참으로 맑으이.

-2004. 11. 7. 12: 24

내가 일평생 시를 짓는다 해도
그것들은 살아있는 한 그루 나무만 못하다.

－이시환의 아포리즘aphorism·1

내가 일평생 시를 짓는다 해도
그것들은 살아있는 한 그루 나무만 못하다.

진정한 사랑이란 나를 포기하는 것으로부터 시작하고,
나를 버리는 것으로써 완성된다.

-이시환의 아포리즘aphorism·2

세상은 살아있는 자의 것이고,
아름다움은 향유하는 자의 것이다.

−이시환의 아포리즘aphorism·3

인간 삶의 진실을 추구하는 것이 문학이라면
그것의 역사란 인간 자신에게 솔직해져 가는 과정이요,
한 방식일 뿐이다.

-이시환의 아포리즘aphorism·4

인류 최대의 적은 인간 자신이다.

-이시환의 아포리즘aphorism·5

나의 경전은 내가 아침저녁으로 바라보는 저 산이다.

—이시환의 아포리즘aphorism·6

이 지구상에서 가장 아름다운 것이 있다면 그것은 인간이다.
그러나 가장 추한 것 역시 다름 아닌 인간일 뿐이다.

—이시환의 아포리즘aphorism·7

선악을 분별하지 않는 대자연의 역사는 담백하지만
그를 분별하는 인류의 역사는 사악하기 그지없다.

—이시환의 아포리즘aphorism·8

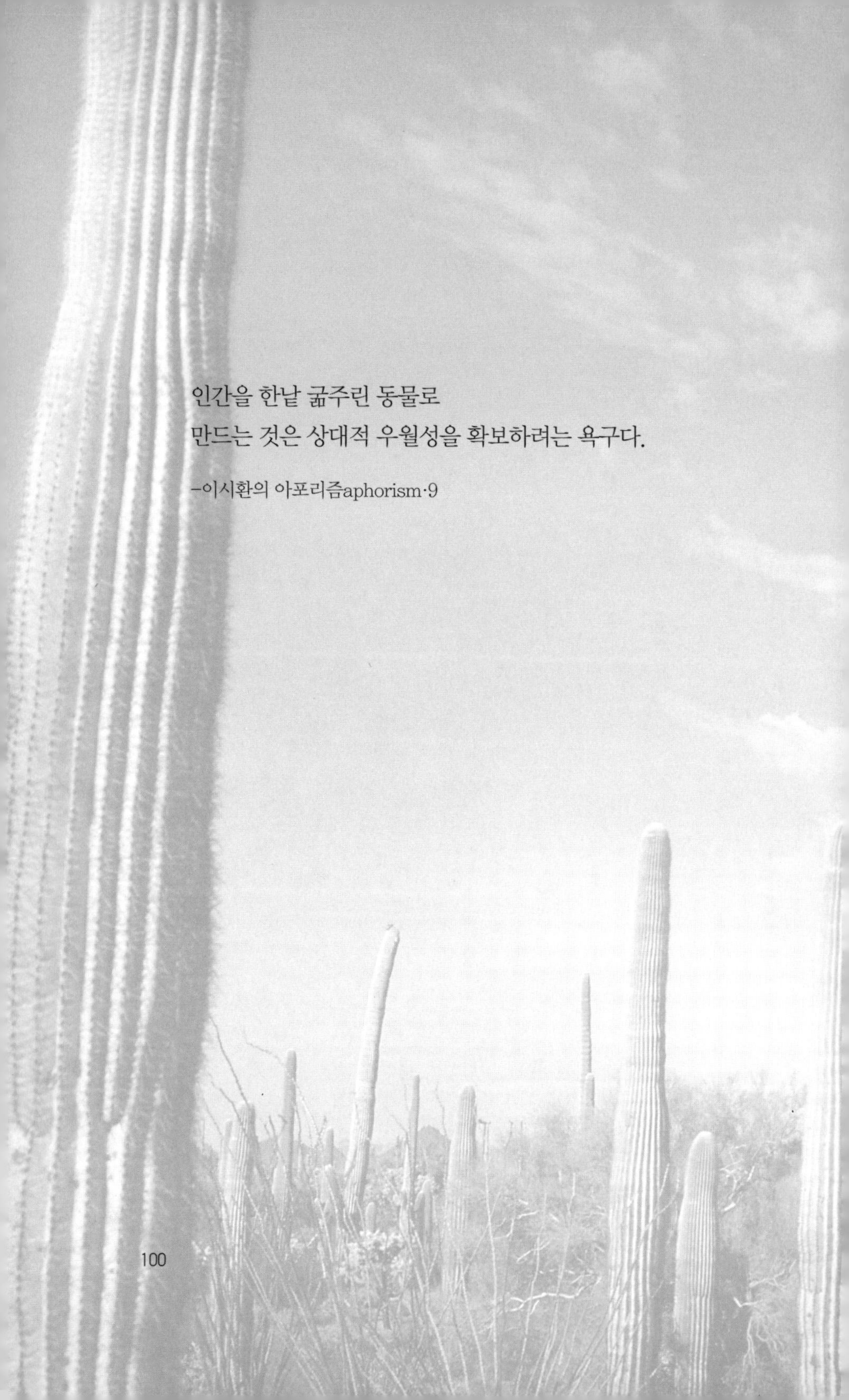

인간을 한낱 굶주린 동물로
만드는 것은 상대적 우월성을 확보하려는 욕구다.

말로써 짓지 못할 집이 없고, 이루지 못할 일이 없다.
그만큼 공소하기 짝이 없는 것이 말이다.

-이시환의 아포리즘aphorism·10

지극히 아름다우면 그 자체로서 진실하고,
진실하면 그 자체로서 아름답다.

-이시환의 아포리즘aphorism·11

눈에 보이는 것만이 전부가 아니며,
보이는 것조차 그 실체라 할 수 없다

　　　　　－이시환의 아포리즘aphorism·12

눈에 보이는 것만이 전부가 아니며,
보이는 것조차 그 실체라 할 수 없다

허공 속에 무덤이 떠있다.

    -이시환의 아포리즘aphorism·13

존재는 균형이며, 이완을 꿈꾸는 긴장이다.

—이시환의 아포리즘aphorism·14

지구 생명의 시간은 오전보다 오후가 짧다.

ㅡ이시환의 아포리즘aphorism·15

신은 말하지 않으나 사람들이 말할 뿐이다.

－이시환의 아포리즘aphorism·16

명상이란 숨 쉬는 나무들이 우거진, 도심 속 공원이다.

－이시환의 아포리즘aphorism·17

소망이란 현실적 고통과 죽음까지도
초월하게 하는 힘의 원천이다.

─이시환의 아포리즘aphorism·18

너를 볼 수 있는 가장 훌륭한 거울이 바로 나 자신이다.

−이시환의 아포리즘aphorism·19

누워있는 시간이 지나치게 길거나
서있는 시간이 너무 많아도 건강을 해친다.

-이시환의 아포리즘aphorism·20

우리는 불확실한 시대를 살고 있는 게 아니라
가장 명료한 시대를 살고 있다.
자연과 인간, 인간과 문명, 문명과 자연 사이의 관계에서
우리의 대응 양식만이 남아있기 때문이다.

-이시환의 아포리즘aphorism·21

＊평화를 외치는 이들의 입속에는 전쟁의 가시가 돋아 있고,
민주를 외치는 자들의 몸에는 비민주가 배어 있다.

－이시환의 아포리즘aphorism·22

제5부

거짓효자

요즈음, 내 고향 시골에 가면 어렵지 않게 눈에 띄는
곳이 있다.
햇볕이 잘 들고 물빠짐이 좋은, 낮은 산등성이에
새로이 생긴 무덤들이 그곳이다. 그것도 둥그런 무덤의 하단은
잘 다듬어진 돌로 둘러치고, 망부석은 물론 비석까지도
미리 세워 놓은 화려한 무덤들이다.
알고보면, 아직 죽지도 아니한 자들이 자신이 죽어 들어가
묻힐 자리를 미리 만들어 놓은 가묘(假墓)라는 것이다.
지난 5월 초순 어느 날, 나는 칠순하고도 반고개로 치닫는
노구(老軀)로 농사일을 하시는 아버님을 뵙고자 잠깐
시골집엘 들렀었다. 이 날도 사실은, 내 친구의 부친께서
별세하셨다는 부음(訃音)을 받잡고 고향땅 가까이에
조문을 갔기에 살아계신 부모님을 뵙는 게 도리인 것 같아
심야에 들렀던 것이다.
그렇지만 아무런 연락도 없이 들이닥친 아들 내외를 맞으며,
'갑자기 어찌 왔느냐?' 는 부모님의 물음에
'뵌 지가 오래되어 그냥 들렀다' 는 상투적인 거짓말을 해댔다.
언제, 어떻게, 돌아가실지도 모르는, 다 늙으신 부모님께
'부음' 이나 '조문' 이란 말 자체가 정신 건강상 좋지 않게

느껴질 수도 있으리라는 판단에서였다.

어쨌든, 다음 날 아침식사를 마치고 상을 물리자 아버님은
나를 불러 앉히고는 무언가 심각하게 이야기를 하시는
것이었다. 아니, 시종 흥분하는 것이 아니신가?
사연인즉 요즈음 들어 외지인들의 화려한 가묘가 늘어나고

있는 터에, 당신의 친구이기도 한 이 아무개는 동네 어귀 뒷산 기슭 밭뙈기를 사서 그 곳에 부부 가묘를 만들어 놓고 비석을 세워 놓았다는데, 그 비문의 내용이 거짓투성이라는 것이다. 부연하자면, 평교사로 퇴직한 자가 교감으로 퇴직했다는 것이고, 면 단위에 있는 두 초등학교 중 한 곳의 학교를 본인이 문맹을 퇴치하기 위해 세웠다는 사실 무근의 거짓이 기술되었다는 것이며, 심지어는 자신의 어머니가 이런저런 이유로 농약을 마시고 자살했다는 사실을 환갑을 넘긴 동네 어른들은 다 안다는데 비문에서는 효자(孝子) 운운했다는 것이다. 아버님의 말씀이 사실이라면 어찌 아니 흥분하고, 어찌 아니 문제가 되겠는가. 설령, 비문의 내용이 전적으로 옳다 치더라도 우습기는 매 한 가지다. 제 아무리 효자라 하더라도 본인이 스스로의 비문을 새기면서 효자 운운했다는 것은 석연치 않은 태도이기 때문이다. 나는 논할 가치도 의미도 없는 일에 끼어들고 싶은 생각이 없었으나, 오랜만에 만난 아들 앞에서 진지하게 대화를 나누고자 하시는 아버님의 입장을 고려하여, "그 분이 자신의 비문에 그런 거짓말을 새겨 놓았다해서 진실이 거짓으로, 거짓이 진실로 바뀌지는 않을 것입니다. 얼마나 궁색하면 그런 거짓말을 다 비문에다까지 하겠습니까? 죄송한 말씀입니다만 불쌍하기 그지없는 촌놈중의 촌놈이지요. 연민의 정이 다 느껴지는 불쌍한 사람일 뿐입니다."라는

말로써 아버님의 편을 거들어 주면서
유쾌하지 못한 내 심기를
드러내고 말았다.
그러자 다시 아버님께서는 "네 말이
옳다만은 이 동네 어른들이 다
죽고나면 그 후손들은 비문에 새겨진
내용을 사실로 받아들이질 않겠는가?"
하시면서 연신 혀를 차시는 것이었다.
생각해 보면, 웃지 못할 일이다.
어찌, 산 사람이 스스로 자신의 비문을
새긴단 말인가? 자신의 삶을 스스로
평가하고, 스스로 비문을 새기어
그 이름을 남기고자 하는, 그것도 사실과
다르게 과장하거나 왜곡하여…….
오늘날 이같은 일은 그 개인에게만
국한되는 일이 아니라는 점에서 우리는
더욱 심각하게 생각해 보아야 할 것이다.
자칭 지성인이라던 문학인들의 사회를
들여다 보면 더욱 가관이다. 일부 돈이
있는 자들은 멀쩡히 살아서 자기 시비를
세우고, 자기 기념관을 만들고,
자기 이름의 문학상을 만들어
수상하는데, 이는 다 그 거짓 효자나
다름없는 마음씨요 행동임을 보여주고

있을 따름이다.

어찌, 자신들의 무덤을 보란 듯이 만들어 놓고, 그것도 부족하여 있지도 않은 의미를 부풀리거나 왜곡하여 개인사적 행적을 비문에 스스로 새겨 놓는단 말인가. 기가 막힐 노릇이다.

이는 우리 사회에 물신이 들고 명예욕에 사로잡힌 사람들이 그만큼 많다는 것이고, 동시에 진실의 힘이 얼마나 무서운가를 모르는, 바꿔 말한다면, 진실도 얼마든지 조작되고 왜곡될 수도 있다는 우리 사회의 풍토를 반영하는 일외에 다름 아닐 것이다. 엄연한 역사적 사실조차도 힘의 논리로 왜곡하는 마당에 그 누가 개개인의 사소한 가정사를 바로 쓰라고 말할 수 있겠는가.

다, 헛되고 헛되도다. 헛된 꿈이로다. 헛된 꿈이로다.

30년도 아니 되어 관 속에 누운 주검조차도 썩어 검게 변한 한 줌의 흙과 부슬부슬해진 뼈 한두 마디가 말해주질 않는가.

권태

민족의 영웅, 이순신!
매국노, 이완용!
이 얼마나 엄연한 역사적 사실인가.
아니, 이 얼마나 지겨운 사실인가,
아니, 이 얼마나 권태로운 사실인가.
비겁하고 소심하기 짝이 없는 순신!
우국충정의 개혁파 이완용 대신!
이렇게 사실이 뒤바뀔 때
우리는 그 권태에서 벗어나
크게 눈을 뜰 수 있고
크게 웃을 수 있는 족속인가?
우리는 그렇게,
아랫도리를 벗어도 스스로 벗어 내리고
능욕을 당해도 스스로 당하면서
돈을 벌고, 출세를 하고,
쾌감을 만끽한다.
그렇게 내가 무너지고
그렇게 네가 망가지면서

만신창이가 되어서야 간절해지는
우리들의 권태로운 사실!
민족의 영웅, 이순신!
매국노, 이완용!
이 엄연한 역사적 사실조차 부정되는
오늘이 수상타.

−2004. 7. 2. 21:07

무쇠로 된 기차

기차는 레일 위를 달린다.
만인의 양식이 되는 온갖 부를 창출하고
온갖 제도를 만들어 놓으며
민주, 자본주의라는 이름의 기차는
쉬지 않고 달려야 한다.
우리들의 웃음을 싣고, 우리들의 근심을 싣고
기차는 오늘도 레일 위를 질주한다.
더러 웃음소리에 깔려 죽는 이도 있고,
더러 차창 밖으로 내던져지는 이도 있고,
더러 승차를 거부하는 이들도 있지만
아랑곳하지 않고,

단단한 무쇠로 된 기차는
앞만 보고 달려야만 하듯이
사람이라면 의심의 여지도 없이 이 기차를 타야한다.
웃으며, 기뻐하며, 신음소리를 들으며,
비명을 지르며, 그렇게 사는 법을 몸에 익히며
돌진, 돌진해야 한다.
돌진하는 동안은 레일이 끊겨 있음조차 망각할 수 있으니
오로지 돌진, 돌진뿐이다.

-2004. 11. 6. 10 : 24

우리는 항해중

우리는 한 배를 타고 항해중이다. 저마다 욕망의 보따리를 가득 싣고서
기우뚱 기우뚱 전진하는, '문명호(文明號)'라는 거대한 배를 타고서
항해중이다. 딱히 목적지가 있는 것도 아니면서 있는 양 우리는 전진하며,
또 전진한다.

손가락 하나를 움직이는 일도, 허리를 굽실거리며 보이지 않게 머리를
쓰는 일도 따지고 보면 다 내 욕구 네 욕망의 그릇을 채우는 일일 뿐이다.
선체가 심히 요동칠 때마다 곳곳에서는, 헛구역질을 하느라 목덜미에
핏대를 세우기도 하고, 그 욕망의 보따리를 끌어안고서 세상모르게 코를
골거나, 아니면 여전히 먹고 마시고 빨며 즐기는
여유 만만한 이들도 섞여 있다.

그들의 웃음소리는 지글지글 끓는 가마솥의 기름처럼 언젠가는
응고되기를 기다릴 뿐이다.

우리는 여전히 한 배를 타고 항해중이다. 누군가가 살짝 건드리기만 해도

펑- 하고 터져버릴 욕망이란 오색찬란한 풍선을 불며 항해중이다. 발밑에 깔린 사람들의 신음소리야 아랑곳하지 않고, 급기야는 밑도 끝도 없는 욕망과 욕망이, 욕구와 욕구가 좌충우돌하며 뱃머리에 불길이 치솟아도 어느 누구 하나 소화기를 찾는 이가 없다. 애써 고개를 돌리는 사람들뿐이다. 그렇다고 바꿔 탈 배가 준비되어 있는 것도 아니면서.

-2005. 6. 25. 23: 53

남아시아의 悲歌

낯설은

지진해일이 휩쓸고 가버린 후

살아남은 이들의

뒤엉킨 통곡이 지척에서 들리고

살아남은 이들의

하염없는 눈물이 내 손등에 떨어지네.

대저, 사람에겐 사람의 역사가 있고
지구에겐 지구의 그것이 있을 따름이지만

저들의 눈물이 마르기도 전에
빗물에 휩쓸려 가버리고

저들의 통곡이 그치기도 전에
겨울 바람소리에 묻히고 마네.

−2005. 02. 02 06:35

어제와 오늘

밤하늘의 별들을 헤아리며 아이들이 씹다가 뱉어낸 단수수 찌꺼기를,

다음 날 땡볕 아래에서 작은 개미들이 물어 나르는 긴 행렬을 보았을 때에,

나는 바짓가랑이를 내리고 그 개미들의 머리 위로 뜨거운 오줌을 갈겨댔었지.

그리고는 오줌 줄기에 떠내려가는 그들을 바라보며 미소를 지었지.

어디 그뿐인가. 그들이 분주하게 들락거리던, 그들의 집 밖 봉긋하게 쌓아올린

성 안의 구멍이 꽉 차고 넘치도록 물을 쏟아 부으며 얼마나 깔깔거렸던가.

오늘은 지진해일이란 것이 밀려와 남아시아 여러 나라 바닷가에 머물던

사람들과 그들의 집들을 휩쓸어 버렸다. 얼마나 많은 사람들이 개미가 되어

떠내려갔는가. 뜻하지 않은 격랑에 휩쓸려가며 죽어간 개미들과

구사일생으로 살아난 개미들을 생각하며 어느새 중늙은이가 다 된

나는 눈물을 흘리며 기도하지만 그들의 눈물을 닦아 줄 수도,

그들의 통곡을 멈추게 할 수도 없구나.

−2005. 02. 03. 12:26

산으로 가는 홍어

매일 헬스클럽에 나와 운동을 하면서도
일요일만 되면 습관적으로 등산을 하는,
그래도 유복한, 아니 건강집착증에 걸린
한국의 5, 60대 사람들

그들이 모이기만 하면 하는 이야기;
지난 주에는 어디 어디를 가서
무엇 무엇을 먹었는데
그 맛이 어떠 어떠하더라.

운동을 마치고 옷을 갈아입는데
그들끼리 자랑삼아 하는 말;
일행 가운데 아무개가 홍어찜을 가져왔는데
산 위에서 먹는 '홍탁' 이란
별미 중에 별미일 것이란 기대를 잔뜩하고서
막상 판을 벌였는데
언제 어디서 생선 썩는 냄새를 맡았는지
금새 쇠파리들이 날아들어

도무지 젓가락질을 할 수가 없었다.
급기야는 살점 한 점을 떼어 내던지자
신기하게도 우르르 몰려가 그곳에 달라붙었다.
퀴퀴하게 시신 썩는 냄새가 진동하지만
톡 쏘는 그 맛이 일품이었지.

그들과 함께 웃어줘야 할까?
아니면 조소라도 실컷 보내줘야 할까?
그저 자신의 몸뚱이를 위해서라면
별의별 짓도 다 할 수 있는 그들의 꾀죄죄한,
발가벗은 몸을 쳐다보면서
불현듯 나는 연민의 정을 느낀다.

썩어가는 것을 먹기 위해서 달려드는 쇠파리!
썩은 것이라면 무엇이든 좋아하는 쉬파리!
그게 어디 이 깊은 산중에만 있는가.
내가 머물고 있는 문단사회 내에서도
우글거리는 것이 바로 홍어찜에 쇠파리, 쉬파리라.

그럴 듯한 이름으로 문학상 장사를 하는 사람,

그럴 듯한 명분과 궤변으로 포장지를 씌워주는 사람,

돌멩이 주워다가 시비 장사하는 사람,

세상에도 없는 시인 자격증을 만들어 파는 사람,

어줍잖은 직위 직책으로 거들먹거리는 사람,

이런저런 이름으로 단체를 만들어 정략적으로 이용하는 사람,

사람, 사람들이 다 썩은 내를 폴폴 풍기는

홍어찜이 아니고 무엇인가.

그 썩은 별미를 맛보기 위해

사방에서 달려드는 사이비 문인들,

자신의 약력을 속이고,

옳고 그름이 명백한데도 분명한 태도를 보이지 않고,

한글맞춤법도 잘 모르면서 글 같지 않은 글을 마구 써대고,

돈을 주고, 구워 삶아서라도 헛 명예를 사는,

그렇고 그런 사람, 사람들이 바로

쇠파리, 쉬파리떼가 아니고 무엇이랴.

불행인지 다행인지

우리 사회에는 썩은 홍어찜을 내놓는 잔치가 너무 많아.

그놈의 홍어를 내놓지 않으면 잔치가 아니라나.

오늘 아침 일찍부터

홍어가 산으로 가는 것도

쇠파리, 쉬파리가 유별나게 많은 우리네 토양 탓이라.

그럴 수밖에 없지 않는가.

곳곳에 똥, 똥 무더기뿐이니 말일세.

우리가 이해하세.

우리가 덮어두세.

우리 좋아하시네.

쇠파리! 쇠파리! 쉬파리 천국이여!

차라리 성한 것은 썩히지 말고

썩은 것이나 온전히 먹어 치워라.

그렇지 않으면 너는 나의 영원한 적이니라.

그러나, 그러나 네가 어찌 그것을 구분하랴.
한국문화예술진흥원장이 재임 중에 자신의 알량한
소설책이나 번역지원을 받는 나라이니까
말해 뭣하랴.

내 눈이 있어도 남의 눈을 빌려야 하고
내 귀가 있어도 남의 귀를 빌려야 하는,
내 입이 있어도 남의 입을 빌려 사는
슬픈 사람과 사람들이 많은 이 나라의 홍어찜!
분명 별미 중에 별미니라.

−2005. 7. 10. 23:10

북녘 동포에게 부치는 봄의 노래

얼어붙은 땅이라 해서
생명의 뜨거운 숨소리 들리지 않으랴.

오래된 어둠의 땅이라 해서
사람 사는 소리 들리지 않으랴.

제 아무리 눈과 귀를 틀어막고
입마다 재갈을 물려도

때가 되면 때가 되면
얼음장 밑으로 냇물이 흐르고

때가 되면 때가 되면
산천에 가지마다 꽃망울이 벌어지는데

얼어붙은 땅이라 해서
구석구석 피를 돌리는 훈풍조차 없으랴.

오래된 어둠의 땅이라 해서

희망의 빛, 새 생명의 기쁨조차 없으랴.

-2005. 01. 21. 02:07

제6부

의인법의 이중성

사자 한 마리가 깊은 산속 큰 나무 밑에서 누워 쉬고
있을 때였다. 마침 바람이 불어 그 나무의 큰 열매가 떨어졌는데
하필 누워있는 사자의 얼굴에 떨어지고 말았지요.
그러자 은근히 화가 난 사자는 '이 놈 두고 봐라.
꼭 혼내주고 말거야.' 라며 속으로 벼르게 되었지요.
그로부터 사흘째 되는 날 한 목수가 수레바퀴에 쓸 재목을
찾아 그 산으로 올라오게 되었는데, 사자는 이 때다 싶어
"수레바퀴에 쓸 재목이라면 이 큰 나무를 베어 가시오." 라고
목수에게 말했습니다. 그러자 목수는 마침 잘 됐다 싶어
사자의 말대로 그 나무를 베어 버렸습니다.
그랬더니 쓰러진 나무는 목수의 귀에 대고
"사자의 가죽을 바퀴에 쓰면 아주 아주 질겨요." 라고
속삭였답니다. 듣고 보니 그도 그럴 듯해 목수는 곁에 있던
사자까지 때려 잡아 버리고 말았던 것이지요.
이처럼 사자와 나무는 하찮은 일로 서로가 자기의
목숨까지 잃고 마는 결과를 낳았던 것입니다.

이 이야기는 그 흔한 이솝 우화(寓話)가 아니다. 부처님이
출가하여 12년만에 카필라 성 고향에 가 머무를 때 가뭄이

들어 농사 지을 강물조차 바닥을 드러내자 이웃 콜리 성
사람들과 싸우는 고향 사람들 앞에서 어리석음을 깨우쳐
주기 위해 말씀하셨다는, 불전(佛傳)에 전해지는 이야기이다.
그런데 한 가지 흥미로운 사실은, 그 흔한 동화(童話)에서처럼
사람과 사자가, 사람과 나무가 대화를 나누고 있다는 점이다.
하지만 이를 두고 문제 삼을 사람은 아무도 없을 것이다.
왜냐하면, 이는 어디까지나 특정 목적 달성을 위해서 부처님이
없는 일을 있었던 것처럼 꾸며 쓰신 문학적 수사(修辭),
곧 의인(擬人)의 비유(比喩)적 표현에 지나지 않기 때문이다.

그러나 부처님이 마가다 성의 바라나시 녹야원에서
고행(苦行)으로써 수행중인 다섯 사문(沙門)에게 중도(中道)를
설명할 때에 숲에 사는 사슴의 무리들이 내려와
부처님의 한쪽 곁에서 조용히 듣고 있었다는
불전의 이야기는 위의 문학적 수사와는
그 본질이 완전히 다르다.
의인의 과장이란 문학적 수사이기 이전에 사실 판단에 대한
진술이라는 기능이 우선시 되기 때문이다.
이같은 예는 불경뿐 아니라 성경의 창세기 제3장에서도
찾을 수 있다. 그곳에서는 뱀과 사람이, 하나님과 인간이,
하나님과 뱀이 똑같은 인성을 가지고서 대화를 나눈다.
이는 어떤 비유적 체계속에서 해독되어야 할,
다시 말하면 원관념을 숨기고 있는 의인의 비유적 표현이
아니다. 종교의 교리를 담고 있는 것으로서
사실 판단에 대한 진술일 뿐이기 때문이다.
물론, 그럼에도 불구하고 비유적 표현으로 간주하는
사람들에 의해서 같은 문장이 여러가지로
해석되고 있기는 하지만.
이처럼 동식물에 인성을 부여하는 의인법이,
문학에서는 사실이 아님을 전제하고 하는
이야기일지라도 빠져드는

맛이 있는데, 경전에서의 그것은 사실 판단에 대한
단순한 기술로서의 기능이 크게 작용하기 때문에
받아들이는 사람이 심각해지지 않을 수 없다.
한마디로 말해, 말도 되지 않는 말을 믿으라고
은연중 강요하는 쪽이 현실적 판단이나 논리를 초월하는
종교적 어법이라면, 거짓말을 해도 그럴 듯하게 하는 것이
꾸며지는 이야기에 지나지 않는 문학적 표현인 셈이다.
인간과 동식물이 감정을 공유하고 부분적인 의사소통이
가능할지라도 -사실은 그것조차 대단히 불완전한
것이지만- 자유스런 대화가 가능한 것이 아니다.
따라서 사실 판단으로서의 의인법은 객관성에
의지해야 하고, 비유적 수사로서의 그것은
전체적인 이야기 구도속에서의 현실 환기력에
의존해야 한다. 그래야만이 의인이란 기교가
공감의 힘을 얻기 때문이다.
인간과 동식물이 대화를 나누는 시절이
따로 있거나 있었기 전에는 말이다.

던져진 話頭

－안국역의 한 노숙자

정확히 말해서, 西紀 2004년 11월 9일 오후 10시 5분,

(아니, 이곳이 한반도이니까 檀紀를 써야지, 단기를!
그것이 최소한의 예의 아니겠어?)

檀紀 4337년 섣달 초아흐레 亥時
지하철 3호선 안국역 6번 출구
지하 1층에서 지상으로 나가는 지하도 중간쯤에
한 노숙자가 가방을 베고
다리를 구부린 채 옆으로 누워있다.
그의 얼굴엔 검게 자란 수염이 무성하다.
그는 오고가는 사람들의 눈길을 전혀 의식하지 않고
젊은 여자의 요염한 나신과 전화번호가 적힌,
내가 오늘 아침 집을 나서며 길거리에서 보았던
명함 크기의 남성 유혹 광고물을
유심히도 들여다보고 있다.
아니, 앞뒷면을 돌려가며 상하좌우를 玩賞하고 있다.
그런 그의 모습을 포착, 훔쳐보게 된 행인들은
한결같이 몇 걸음씩을 지나쳐서야 킥킥거리며 수군댄다.
마침 흘러내리는 아이스크림을 빨며 지나가는,
여고생 두어 명도 몇 걸음 못가서
그만 킥킥거리고 만다.

−2004. 11. 9. 23: 10

원남동의 한 노숙자

얼마나 누더기를 껴입고 입었는지,
얼마나 찢어진 천으로 온몸을 칭칭 감고 감았는지
흡사, 우주복을 입고 기우뚱거리는 것처럼
그녀는 어기적 어기적 인도를 다 차지한 채 걸어오고 있었다.

가까이에서 보면
희끗희끗한 머리칼은 헝클어질대로 헝클어져 있고,
때가 절은 얼굴엔 반백년 이상의 풍상에 시달렸음직한
주름들이 역력하다.

그녀는 매일 아침 아홉 시 삼사십 분경에
종로4가 쪽에서 원남동을 거쳐 서울대 병원 후문 쪽으로 걸어가지만,
나는 같은 시각에 버스를 타고
서울대 병원 후문 쪽에서 원남동을 거쳐 종로4가 쪽으로 출근한다.

그러던 어느 날, 그녀는
원남동 네거리에서 횡단보도를 건너기 위해
녹색 신호등이 켜지기를 기다리고 서 있었다.

그러던 어느 날, 그녀는
원남동 네거리 짧은 횡단보도를 지나고 긴 꽃길을 지나
창경궁 돌담 모퉁이 벤치에 앉아서
아침햇살을 쬐며 담배꽁초를 아주 길게 길게 빨아들이고 있었다.

그러던 어느 날, 그녀는
그 벤치에 앉아 엉덩이를 덜썩거리며
허공에 손가락질을 하면서 뭐라 중얼거리고 있었다.

그렇게 유난히 추운 겨울 한 철이
한반도를 휩쓸었어도
그녀는 용케도 살아서 봄을 맞이하고 있었다.

거리마다 골목마다 아스팔트로 포장이 되고,
콘크리이트 유리빌딩이 숨 막히게 하여
이곳 어디 내려앉을 곳도 없지만

절룩이는 비둘기조차
뒷골목 쓰레기통을 뒤지면서
우리와 더불어 이 시대를 살아내듯이
그녀도 혹독한 겨울을 살아내서 봄을 맞이했던 것이다.
누더기 대신에 가벼운 옷차림으로 바뀌었고,
긴 머리칼도 짧게 손질되어 있었다.
여전히 한 손엔
뭔가로 가득 채워진 검은 비닐봉지를 들고서……

그녀는 오늘도 원남동 네거리 신호등 앞에 서서
녹색 신호등이 켜지기를 기다리고 있다.

그 벤치에 드는 아침햇살을 온몸에 쬐기 위해서,
그리고 버스에 갇혀서 실려 가는 나 같은 사람과
빌딩에 갇혀 신음하는 사람들을 위로하며
담배꽁초를 길게 길게 빨기 위해서인지도 모를 일이다.

−2004. 11. 7. 16 : 15

신문지 한 장의 무게

폭염 속 공원 벤치에 널브러져
이리저리 굴러다니는 신문지 한 장으로
얼굴을 가리고,
버려지는 족족 물이 살얼음이 되는
거리에서, 지하도 모퉁이에서,
버려진 신문지 한 장 속으로
온몸을 숨기고,
부끄러움조차 잃어버린, 그 마음까지 숨겨도
하룻밤 새
목숨을 보장해 주지도 못하지만
그 얇고, 그 가벼운 신문지 한 장이야말로
구겨진 채 버려진 깡통 같은 이들에게는
두터운 이불이 되고, 깊은 그늘이 되어 주네.
그런 신문지 한 장의 가벼움과
그런 신문지 한 장의 얇음만도 못하는 나는,

냄새나는 그들의 얼굴과 눈빛을 외면하고

돌아서며 침을 뱉으면서도

밤새 그들의 안부를 물으며 안녕을 걱정하네.

−2004. 11. 05. 23: 24

독도

아무렴, 외딴집에 살다보면
오가는 이들이 쉬이 넘보게 마련이고
바람을 타도 더 타게 마련이지.

아무렴, 왜인(矮人)조차 탐을 내는 것은
보잘 것 없어 보이나 네 야무진 속으로 숨기고 있는
뿌리 깊은 지조(志操)를 알기 때문이라.

그러나 흔들리지 마라. 외로워하지 마라.
너를 그리며 사는 이가 얼마이고
너를 우러르며 맞는 이가 얼마더냐?

정녕, 너는 반도의 눈[眼]이고
우리들의 아침이니라.
정녕, 너는 대륙의 머리[首]이고
우리들의 중심이니라.

-2005. 03. 25. 23:03

제7부

서로 다른 두 가곡 〈초혼招魂〉을 들으며

산산이 부서진 이름이여!
허공중에 헤어진 이름이여!
불러도 주인 없는 이름이여!
부르다가 내가 죽을 이름이여!

심중에 남아 있는 말 한 마디는
끝끝내 마저 하지 못하였구나.
사랑하던 그 사람이여!
사랑하던 그 사람이여!

붉은 해는 서산마루에 걸리었다.
사슴의 무리도 슬피 운다.
떨어져 나가 앉은 산 위에서
나는 그대의 이름을 부르노라.

설움에 겹도록 부르노라,
설움에 겹도록 부르노라.
부르는 소리는 빗겨 가지만
하늘과 땅 사이가 너무 넓구나.

선 채로 이 자리에 돌이 되어도
부르다가 내가 죽을 이름이여!
사랑하던 그 사람이여!
사랑하던 그 사람이여!

김소월의 시 초혼(招魂) 전문이다.
지난 해였던가, 나는 어느 여류시인으로부터 CD 두 장을
선물 받았다. '100인회 대표가곡집 2004' 라는 제목의
가곡집이었는데, 줄곧 잊어버리고 있다가 어느 일요일 낮
집안청소를 마치고 잠시 나의 서재에 누워 그 CD 속에 담긴
33곡의 노래를 차례로 다 듣게 되었다.
그런데 뜻밖에도 널리 알려진 김소월의 대표작 가운데
하나인 〈초혼〉이 두 사람에게서 작곡되어 전혀 다른 분위기로,
남녀 두 성악가의 목소리에 실려 불려지고 있음을 알게 되었다.
그리하여 나는 이렇게도 다를 수가 있는가,
의아해하며 〈초혼〉만을 두 번
세 번 반복해서 듣기도
했다. 분명, 하나는
심진섭의 곡이고,
다른 하나는
최헌석의 곡이었다.
똑 같은 시(노랫말)를
가지고 전혀 다른 곡을
붙여 색다른 분위기로

노래 불리워질 수 있다는 사실이 내겐 신기하기만 했다.
새삼, 나는 노랫말과 곡, 그리고 노래 부르는 성악가의
목소리가 만나서 세상에 없었던, 새로운 심미적 감상 가치나
의미가 있는 세계를 만들어 놓는다는 것 역시 인간이 인간을
위해 할 수 있는 일 가운데 하나라는 생각이 들었다.
두 곡의 초혼을 들으면서 내가 받은 신선한 충격을 일찍이
글로 쓰고 싶었으나 음악에 관한한 완벽한 문외한이어서
겁부터 났기에 엄두를 내지 못하다가 근자에 이르러 음악과
관련하여 무언가 글을 써내야 한다는 주위의 청탁도 있는
터여서 무지를 앞세워 감히 펜을 든 것이다.
이 점은 독자 여러분이 널리 이해해 주기만을 바랄 뿐이다.
심진섭의 곡을 듣노라면,
노랫말(시)을 있는 그대로 받아들이고,
그 안에서 감정의 기복 변화를 높고 굵은 음색의 구르는 듯한
피아노 반주음과 그 위로 솟아난 듯한 여성 성악가의 맑고
깨끗한 목소리가 어울리어
아주 효과적으로 전달해
주고 있다는 생각이 든다.
마치 단단한
지표면을 뚫고 새순이
푸르게 돋아나는 것을
지켜보는 감동처럼 아주
청아하면서도 무시
못 할 힘을 느끼게 해준다.

또한, 따라 부르기 쉬울 만큼 예측 가능한 음이 자연스럽게
이어지는데, 이는 노랫말에 나타난 의미와 감정을 충실히
표현하고 있다는 점에서의 정형의 안정감이자
절제된 깊은 맛이라 아니 말할 수 없을 것이다.
특히, 성악가의 정확한 발음(發音)과 그리 빠르지 않고
매끄러운 발성(發聲)은 노랫말을 들으면서
그 의미를 새기고 이해하는데 무리가
따르지 않아 더욱 친근감을 주기도 한다.

반면, 최헌석의 곡은, 노랫말을 일부 변형시켜,
다시 말하면 특정 시구(詩句)를 반복하거나,
시어(詩語)를 바꾸거나 추가하여 작곡가가 강조하고자 한
바를 극명하게 드러내고자 의도했다는 생각이 든다.
특히, 도입부의 피아노 연주음도 파격적이지만 전체적인
곡 안에서도 갑작스런 변화, 곧 예측을 불허하는
음의 전개는 가히 실험적이라고 할 만큼 변형의,
아니 파격의 미(美)라 할 수 있는 심리적 충격이 수반된다.
사실, 김소월의 시 〈초혼招魂〉은, 사랑했지만 사랑한다는
말 한 마디조차 못한 채 죽어버린 자의 이름(혼)이나마
애절하게 부르는 슬픈 노래이지만 비장미(悲壯美)마저
서려 있다. 특히, 반복과 영탄법에 의지하여 감정의
노출이 많고, 제3연의 1, 2행 (붉은 해는 서산마루에
걸리었다./사슴의 무리도 슬피 운다.)은 단순한
서술형 문장이어서 다른 문장들과의 어색한 관계를
떨치지 못하고 있다. 게다가, 3행 (떨어져 나가 앉은
산 위에서/나는 그대의 이름을 부르노라.)에서는 갑자기
호흡이 길어져 있어서 작곡상에서도 어떤 변화를

주어야만 했을 것이라는 생각이 문득 든다.

그런 탓인지 최헌석의 곡은 이 부분에서 아주 빠른 속도로
중얼거리듯이 노래한다. 아마도, 그는 전체 20행 가운데
〈부르다가 내가 죽을 이름이여!〉와 〈그 사람〉을 특별히
강조하고 싶었던 것 같고, 또한 이 작품 안팎으로 녹아든
슬픔이라는 정조를 살려내기 위해서 마지막에
〈우-〉라는 의성어를 첨가하여, 마치 산 중턱에서 밑으로
내리깔리는 안개에 뒤덮이는 대지의 조용한 신비감을
연상시켜 준다.

죽은 자의 혼을 애절하게 불러야만 하는 화자가 드디어

망자의 혼령과 가까이에서 만나는 듯한 분위기를
자아낸다고나 할까. 그의 애달픈 마음 속 간절한 기다림을
작곡가는 그렇게라도 끄집어 내놓고 있는 것만 같다.
작곡가 나름대로 이해한 시세계에 자신만의 주관적인
의미나 감정을 과감하게 덧붙여 놓는,
아주 의욕적인 작품이 아닌가 생각한다.
비록, 내 손에는 악보가 쥐어져 있지는 않지만 이 글을
쓰면서 두 번 세 번 다시 듣고 들어보아도 역시 색다른 맛이
나는 감동원이 바로 작곡가의 손에서 나오는 것임을 나는 안다.
이처럼 음악이란 音의 高低 · 長短 · 强弱 · 清濁 · 緩急 등을
조절 통제하여 하나의 통일된 세계를 구축해 놓는
소리예술인 만큼 작곡가의 노랫말 이해도와 창의적인
의미부여는 대단히 중요하다 아니 말할 수 없다.
내가 우연하게 감상하게 된 ─아니, 이를 어찌 우연이라는
말로 치부해 버릴 수 있겠는가마는─ 두 곡의 〈초혼〉을
통해서 받은 색다른 감동이 우리들의 생활 속에서도 깊이
파고들었으면 한다. 영화, 드라마, 광고, 컴퓨터 게임 등
그저 감각적이고 자극적인 영상매체에 중독 마취되어 가는
우리들의 들뜬 마음을 차분하게 가라앉히고,
삶의 의미와 향기를 생각게 하며,
안으로부터 정서적 반응을 잔잔히 불러일으키는
우리 가곡이 널리 애창되고 애청되었으면 하는 마음 간절하다.
세상은 살아있는 자의 것이고,
아름다움은 향유하는 자의 것이 아니던가.

지구별을 위하여(노랫말)

많고 많은 별과 별들 중에
하나, 하나뿐인 지구별이
내 손, 손바닥 위에 놓여 있구나.

손끝 실핏줄을 타고서
가슴에서 가슴까지 전이되어 오는
네 뜨거운 고동을 어이할거나.

많고 많은 사람 사람들 중에
하나, 하나뿐인 내가, 내가
네 품, 네 깊은 품에 안겨 있구나.

손끝 실핏줄을 타고서
가슴에서 가슴까지 전이되어 오는
네 뜨거운 숨결을 어이할거나.

그런 네가 있음으로 내(가), 내가 살고
그런 내가 살아있음으로 네(가), 네가 있는
우리 사랑, 사랑의 끈, 숙명(을) 어이할거나.

-2005. 07:06. 23:09

통일을 위하여(노랫말)

1.

대동강 흘러 흘러 바다에 이르듯이

한강도 흘러 흘러 바다에 다다르네.

백두산 우러르며 살아온 남녘사람들

한라산 우러르며 살아온 북녘사람들

동해든 서해든 바다에 이르러 한 물이 되듯

남과 북 사람 사람 마음만 열면 하나 되네.

누가 남북화해를 미워하랴.

누가 동서화합을 싫어하랴.

서로의 아픔을 감싸주고 서로의 희망일랑 함께 나누는

우리는 사랑으로 하나, 우리는 기쁨으로 하나.

2.

두만강 흘러 흘러 바다에 이르듯이

영상강 흘러 흘러 바다에 다다르네.

평양성 그리며 살아온 남녘사람들

한양성 그리며 살아온 북녘사람들

동해든 서해든 바다에 이르러 한 물이 되듯

남과 북 사람 사람 가슴만 열면 하나 되네.

누가 남북화해를 방해하랴.

누가 동서화합을 두려워하랴.

서로의 아픔일랑 감싸주고 서로의 희망이야 함께 나누는

우리는 그리움으로 하나, 우리는 만남으로 하나.

−2005. 6. 22. 21 : 13

사랑_(노랫말)

하룻밤 자고나면

너를 슬프게 하는 소식 나를 기다리고,

하룻밤 자고나면

나를 절망케 하는 소식 너를 기다리네.

(어이하랴. 어이하랴. 이를, 이를 어이하랴.)

그래도 너와 내가

희망에 살고 희망에 다시 사는 것은,

너의 슬픔 나의 아픔 함께 나누는 우리,

우리 마음 우리 가슴에 뜨거움 때문이라.

(우리 마음 우리 가슴에 뜨거움 때문이라.)

그래도 너와 내가

기쁨에 살고 기쁨에 다시 사는 것은,

나를 버려 너를 얻는, 나를 버려 너를 얻는

우리 사랑, 사랑을 간직함이라.

(우리 사랑, 사랑을 간직함이라.)

사랑은 나의 기쁨, 사랑은 너의 희망

사랑은 우리 생명, 사랑은 우리 전부

사랑하세. 사랑하세. 해도 해도 부족한 사랑

서로 서로 사랑하세 서로 서로 사랑하세.

−2005. 6. 26. 17:53

비눗방울처럼(노랫말)

비눗방울처럼 가벼웁게
비눗방울처럼 투명하게
살고지고 살고지고

비눗방울처럼 영롱하게
비눗방울처럼 둥-글게
살고지고 살고지고

비눗방울처럼 자유롭게
비눗방울처럼 조용하게
살고지고 살고지고

세상 사람들은 인생이 덧없다하나
덧없다 할 것도 없고,

세상 사람들은 한사코 가진 게 없다하나
온통 버릴 것뿐이네.

−2005. 7. 8. 22: 20

일두 정여창을 기리며

반도땅 어디런들 인물이야 없겠는가마는
함-양 산천에도 인물 났네, 인물 났어.
올곧게 풍진 세상을 거스르신 님이여,

알아야 할 도리道里를 먼-저 아는 일도
깨쳐야 할 이치理致를 바르게 깨우침도
어렵다 어렵다하나 실천까지 하셨네.
(이것이 사람 중심의 사랑이요, 천리天理라.)

스스로 일컫기를 한 마리 좀벌레라.
한없는 겸손이요, 진정한 자각自覺이라.
일찍이 깨친 도道로써 다시 사는 님이여,

일평생 품은 생각 장강長江을 이루었고,
삶조차 어짊으로 높은 뫼 이루어서
후학後學이 뒤를 따르고 이웃들이 흠모하네.
(이것이 사람 중심의 사랑이요, 천리天理라.)

제8부

知覺하지 못하는 내 악취

나는 개인적으로 청국장(淸麴醬)을 참 좋아한다. 흰콩을
삶아서 발효시킨 후 끓여 먹거나, 고춧가루와 소금 등
약간의 양념을 넣어 된장처럼 상추쌈으로 먹기도 하고,
그냥 밥에 얹어 먹기도 한다. 그러나 청국장은 역시
보글보글 끓여 먹는 찌개 맛이 최고다.
두부와 적절히 익은, 썰지 않은 배추김치를 물에 씻어 넣고
청국장을 풀어 끓이되 비계 살이 붙은 돼지고기 한두 점을
썰어 넣으면 냄새도 덜할 뿐 아니라 그 맛이 한결 부드러워진다.
물론, 개개인의 취향에 따라 약간의 고춧가루와 파를
썰어 넣어 먹을 수도 있다. 특히, 이 때의 파는 하얀 줄기
부분인 밑둥이 좋다. 그 진하고,
잎과는 다른 향이 있기 때문이다.
그렇게 먹는 청국장은 역시 발효식품이라서 그런지
먹고나면 속이 편안해진다. 그 뿐이 아니다.
밭에서 나는 소고기라 불릴 정도로 풍부한 단백질과
탄수화물 기타 비타민류의 영양소가 들어있는 콩이
주원료이기 때문인지 속이다 든든해진다.
아마도, 이 맛에 우리 선대(先代)는 찬바람이 불어 올
때쯤이면 떡시루의 밑구멍을 납균이 많은 볏짚으로 막고,

삶은 콩을 시루에 넣은 다음 따뜻한 안방 아랫묵에 놓고,
두터운 이불로 덮어 청국을 띄웠는지 모른다.
그것도 뭔가 썩는 퀴퀴한, 역겨운 냄새를 구수하다고
애써 변명하면서, 아니 그와 친숙해지면서 말이다.
내가 청국장을 좋아하는 것도, 사실은 어렸을 때부터
곧잘 먹고 자란, 그 맛에 대한 향수 때문이라기보다는
먹으면 속이 편안해지고 든든해지는 그것의 실질적인 기능
때문이라고 말하는 편이 더 옳을 것이다.
문제는 그 놈의 냄새다. 발효시킬 때부터 내내 나는 냄새지만
찌개로 끓일 때나 다 먹고 나서도 한동안 계속되는,

그 진하고 퀴퀴한, 썩 좋지 않은 냄새가 진동하기 때문이다.
말이 나왔으니 말이지, 그 냄새에는 묘한 구석이 있다.
처음부터 집안에 있어 청국장을 끓일 때 나는 냄새를
맡다보면 어느새 중독이 되어 그 심하던 냄새가
그리 심각하지는 않게 느껴진다.
정말이지, 그 '구수하다'는 말이 적절하게 느껴질 정도로
식욕과 그 맛에 대한 지각이 앞세워지는 탓도 있겠지만
인간의 후각 기능 자체가 냄새를 맡다보면 나중에는
그 냄새에 대한 지각 능력이 떨어지기 때문이 아닐까도 싶다.
그런데, 어쩌다가 저녁 식사 시간에 맞추어 집에 들어설라치면
그 놈의 퀴퀴한 청국장 냄새가 진동을 하다못해 온 집안에
덕지덕지 달라붙어 있는 것 같은, 불쾌한 느낌을 줄 때가 있다.
그럴 때면 의례히 밖의 온도가 영하 10여 도를 밑도는
추운 날씨라도 집안의 문이란 문을 모두 열어제치고
환기시키는 소동을 벌이곤 한다.
그렇다. 시를 쓰고 문학평론을 한다고 하는 나는,
그동안 그 청국장 냄새 같은, 늘 가까이하다보니
후각이 마비되어 맡지 못하는,
그러나 맡게 되면 분명 역겹고 불쾌하기 짝이 없는 냄새를
혹 몸에 붙이고 살아오지는 않았는지 스스로 돌아볼 일이다.
내 삶과 내 문학에서 떨어져 나와 거리를 두고 바라볼 일이다.
어느새 타성에 젖어, 편견에 절어,
자신도 모르게 그 고약한 냄새를 풍기고 있지만 그런
사실조차 지각하지 못한 채 오늘을 살고 있는 것은 아닐까?

혹, 시를 쓴다고 하면서 시가 아닌,
시 비슷한 것만을 써대지는 않았는지,
객관적 신뢰도가 낮은 비평의 자(尺)를 이리저리 휘두르며
편리하게만 비평 아닌 비평을 해오지는 않았는지,
상 같지 않은 문학상을 주고받는 자리를 기웃거리거나
어줍잖은 출판기념회장이나 쫓아다니면서 양심을 팔거나
밥이나 축내지는 않았는지, 아니면 그런 저런 일들로
다른 사람들을 귀찮게 하거나 정신적으로나,
물질적으로 피해를 주지는 않았는지,
세상이야 어찌 돌아가든지 모른 척하며 그저 개인적인
넋두리나 사사로운 감정의 배설을 일삼아 오지는 않았는지,
무엇이 옳고 그른지, 무엇이 문학적이고 비문학적인지
진지한 물음을 회피하거나 외면해오지는 않았는지
마땅히 뒤돌아 볼 일이다. 이들이 다 문학의 타성에 젖고
편견에 절어서 나오는, 새로운 의미있는 것이나 세상에
없던 것을 만들어 내는 '창조'와는 멀찍이 떨어져 있는,
다 늙어 버린 '경로당문학'이기 때문이다.
지금 내가 맡을 수 있는 냄새는 크게 문제 될 것이 없다.
얼마든지 마음의 창을 열고 새롭고 신선한 공기로
환기시킬 수가 있기 때문이다. 그러나 이미 몸에 깊숙이 밴
악취는 어찌할 수가 없다. 환기시킬 수 없어 문제가 아니라
―물론, 힘이 더 들겠지만― 그 냄새에 대한 지각 능력을
상실한 지 오래일 터이기 때문이다.

혹, 내 몸과 내 영혼에서 나는 향기가 아닌
그 역겨운 냄새를 맡지 못하고 오늘을 살고 있지나
않을까 새삼 생각해 보면서, 아니 그를 심히 경계하면서
나는 동안거(冬安居)에 들고 싶다.

봄날의 만가輓歌

나름대로는 열심히 산다고 살았건만 나이 팔십이 되도록 십여 평 짜리

영구임대아파트를 벗어나지 못한 우리들의 이웃, 김씨 아저씨.

하필이면, 들끓는 가래 천식으로 꽃 피는 봄날에 숨을 거두었네.

하나뿐인 자식은 탕자(蕩子)가 되어 돌아왔으나 눈물을 삼키며,

애비의 주검을 화장하여 재를 뿌리고, 손을 탈탈 털므로써

쓰레기를 치우듯 말끔히 그의 흔적을 지우고 그를 지워 버리네.

있거나 이루었다고 아니 가는 것도 아니고,

없거나 이루지 못했다고 먼저 가는 것만도 아니고 보면

더는 허망할 것도, 쓸쓸할 것도 없어라.

세상이야 늘 그러하듯 내 눈물 내 슬픔과는 무관하게스리

아무 일도 없었던 것처럼 여전히 분망(奔忙)하고 분망할 따름.

이 분망함 속에서 죽는 줄 모르고 사는 목숨이여,

한낱 봄날에 피고 지는 저 화사한 꽃잎 같은 것을.

아니, 아니, 이 몹쓸 바람에 이리저리 쓸려가는 발밑의 티끌 같은 것을.

-2005. 03. 25. 01: 36

쓸쓸함을 위하여

부질없구나.
뒤를 돌아보지 마라.

쓸쓸하구나.
뒷모습을 보이지 마라.

한 때 부귀영화를 누리고
권세 중의 권세 부렸어도

남아 있는 이름조차 쓸쓸하구나.
세인들이 그 이름 부추겨 세워도 부질없어라.

겨울을 나는 마른 풀섶 더미 같은 것.
그곳에서 일어나는 바람소리 같은 것.

오로지 이 땅에는
쓸쓸함이 있을지어다.

단단한, 아주 단단한
쓸쓸함만이 있을지어다.

−2005. 01. 26. 17:03

꽃밭에서

그래도 내가
미소를 지을 수 있는 것은
바람이 불기 때문이다.

그래도 내가
눈물을 흘릴 수 있는 것은
바람이 불기 때문이다.

−2005. 7. 8. 21: 50

백년환주 百年皖酒를 마시며

2005년 9월 01일 초판인쇄
2005년 9월 05일 초판발행
지은이:이 시 환
펴낸이:이 혜 숙
펴낸곳:도서출판 신세림
　　　　100-015 서울특별시 중구 충무로5가 19-9 부성B/D 702호
등록일:1991. 12. 24
등록번호:제2-1298호
전화:02-2264-1972
팩스:02-2264-1973
E-mail:shinselim@chollian.net

정가 8,000원

ISBN 89-5800-039-2, 03810